我的單身
2
不合時宜

我的單身不命苦 2

CONTENTS

大家好

各位讀者好，
我是森下惠美子。
非常感謝您購買了
《我的單身不命苦②》
這一次終於平安無事(?)地
完成了第二集。
距離第一集的出版已經過了一年，
在這一年之間，
我有些地方不一樣了，
有些部份還是老樣子
(也沒甚麼好改變的啦……)
有時交男朋友，偶爾獨守空閨
(因為交不到男朋友咩……。)

即使一個人生活，
日子還是過得快樂又自在。
看看紀錄了這一段點點滴滴的
《我的單身不命苦②》
我開始擔心自己
會不會也變得跟這個書名一樣，
就這麼繼續單身下去……
那麼，我暫時先告退囉。

2月20日(一) 晴天
今天放假不上班，我得趁太陽公公露臉的時候趕緊打掃。
醒來
怎麼亂成這樣啦…
整理
收拾
呼—
打包
仔細一看，鏡子上都是灰塵
擦
擦
變乾淨了
鏡子乾淨了—
但臉上的瑕疵也看得更清楚了…
皮膚粗糙
毛孔
也許鏡子髒一點反而比較好啊—

2月21日(二) 晴天
也許是白色情人節快到了，
情侶檔顧客特別多。
歡迎光臨
這兩款都不錯～
嗯～小高幫人家決定啦
眉目
傳情
剛才那對情侶檔一直在那裡眉來眼去地調情，眞浪費人家的時間—
妳不會覺得煩嗎？
ㄜ…沒有特別覺得耶
喔，沒想到妳這麼容易看開
啊，也不是這樣啦
與其說我看得開……
唉唷，畢竟還在熱戀期啦，才有辦法在那裡眉來眼去的
這次就饒過你們
咭了
不知道為甚麼熱戀中的女生總會以對「國王」般崇敬的眼神看著對方
這個也很適合妳耶～
嗯～人家不知道該選哪個啦～
眉目
傳情

2月22日(三)晴天
天氣超冷，皮膚乾燥。
天氣一乾燥，皺紋馬上就跑出來了。
打擊
趁休息時間趕緊做簡單的保濕工作
準備的東西有
口罩和熱騰騰的茶
然後持續這樣做5分鐘
(蒸氣效果)
熱氣~
我自創的保濕法不錯吧？
你也可以試試看
……
保濕中
喔~嗯
比起來我更在意眼睛底下的細紋
唉——
那麼妳看這招如何
我還是算了……

2月24日(五)
晴天
趁著休假日
來想想
這本書
要畫
甚麼內容。
主題是「30歲單身女性的悲喜劇」
決定了~
咦？
好像都只有「悲」的部分
沒有「喜」的話，那就成不了悲喜劇了…
30歲單身女性的
喜？
想了一整天
甚麼都生不出來，
就這樣結束了
這個休假日—

2月25日(六)
晴天
加班到晚上10點…，
累死了……。
肚子好餓
咕嚕—
自己做飯太麻煩了
炸雞
¥380
買個熱騰騰的便當吧……
我在入口處猶豫了3秒鐘
情侶檔
情侶檔
推開
幹嘛要猶豫
輸人不輸陣哪，惠美子！
星期六夜晚
情侶
單身女子(30歲)
情侶
給我一個
炸雞便當
決定一個人也要很堅強的32歲某天晚上

2月26日(日)陰天
感冒了
咳
咳
這種感覺好像是要發燒了…
發冷
瑟縮
37.8℃
果然!!
今天晚上將會是最高潮！
手腳俐落
搜
找
咚
啪
冰枕
冷敷包
面面俱到
寶礦力
泡麵
生
水
感冒藥
蠻牛
一個人生活的第13年—
以防萬一的各式用品一應俱全
手搖發電式手電筒
收音機手機充電器
罐裝食物
急救箱

同一天晚上11點
對抗感冒完美大作戰
維持濕度用
濕毛巾
萬事周全
突然心中莫名升起了一股挑戰慾
明天早上之前一定要退燒！
唉~如果我有男朋友，再加上個探病，計畫就真的十全十美了~
嗚嗚。
呼
呼
發燒到最高潮
2月27日(一)晴天
—清晨
36:51°C
就這樣，即使單身絕不命苦的信念又更堅定了—

每次畫完
稿子後，
就會想著
下一回要畫些
開心故事的我。

3月27日(一)雨天
有幾個新人來報到
我是田中智廣，請大家多多指教。
呵—
那個人講話的聲音好像小老鼠TOPPO GIOGE唷~
小時候看過的卡通人物
長得像這樣
啊哈哈
我說他講話的聲音哪~
驚
說不定她根本不知道TOPPO GIOGE？
1980年代出生
?
唉唷，好險哪，差一點就自曝年齡了
常常像這樣說溜嘴
呼~
很想把「好像喔」這個想法跟某人分享說~
可是同樓層的人好像沒有人會知道~
討厭~
我這個年紀的同事幾乎都離職了，根本找不到啊
妳覺得那男生的聲音像不像小夫？
呵呵
咦—小夫

3月28日(二)
陰天
身為老鳥的我
得堅強一點哪…。
啊，
在店裡
請不要
聚在一起聊天
哈
是
喔
呵
呵
新人
我很不會
警告別人…
根本就
不聽啊…
唉
毫無威嚴
小聲講
目登
了不起…
真希望
自己也能
到達那種
程度…
威風凜凜
瞪
在鏡子前
做練習
這個練習
每隔3分鐘
得補充
一次水分…
嗯～
看來一天
頂多練習
3次就好了
噴—

3月29日(三)
陰天
今天身體不舒服，
提早下班
去看醫生。
昏昏沉沉
感冒我還挺得住
拉肚子和嘔吐就沒轍了
妳是病毒性腸胃炎哦。
醫生
是喔…
是不是壓力造成的？
不，這是病毒引起的
哦…病毒啊…
那就是感冒囉？
不…是腸胃炎
哦，胃啊…既然是胃，應該多少和壓力有關吧？
…
理解力只有老人等級
到了公司
醫生說我是因爲病毒引起的壓力性急性腸胃炎~
呼—
竟然自己加油添醋
哇，真可憐~
妳不要給自己太大壓力啦

3月30日(四)晴天
春天正是遇到心儀對象的好時節
您是高田同學吧？
是我啦，也是西中學畢業的
難道是…佐野同學？
天哪——
剛剛那個人是我高中時的暗戀對象耶——
是喔
哇～
真好～這種重逢好令人羨慕唷！
在店裡面工作常會這樣啊，遇到以前的好朋友。
既然沒有新對象，如果能和以前喜歡的人再次相逢的話…
學生時代的也行
想啊想…卻想不出半張人臉來…年代太久遠了啦…
連名字也…
為了方便讓別人認出我，看來我得把以前的照片貼在名牌上才行…
超級老土

3月31日（五）晴天
明天晚上有聚會。
呵呵
把劉海梳得蓬鬆，往一邊略斜
有點小性感唷（只有頭髮啦）
可是我正中央的髮線超明顯
平常很難把頭髮梳成3、7分
所以前一晚就得作好準備
俐落
像這樣把頭髮夾好，早上起來髮型就會很漂亮
不算是生活智慧啦，只是很本能地這樣做
到了隔天早上—
呼—
…
早上一定要沖澡腦袋才會清醒
沙沙—
啊
每3次就會有2次失敗

4月1日(六)晴天
和朋友一起去溜冰。
運動中心
只因為之前看了冰上奧運的節目
(單純)
看完之後還做了好幾次夢
夢中的我非常開心地溜冰！
很想實際去溜冰看看
才會來溜冰場
我覺得自己一定辦得到！
放暑假中
哇—
情侶檔
小孩子
心情超—差
情侶檔
情侶檔
呵呵
體會到夢想與現實大不同的一天

4月2日(日) 晴天
店裡從今天起舉行35周年慶感謝折扣祭。
要把這個貼在名牌上~
森下
雙面膠
35周年慶
感謝祭
緊密貼合
森下
35
看起來好像森下惠美子（35歲）唷…
…

床上依然塞滿了東西

4月24日(一) 晴天
和高中死黨的聚會
我啊，打算在今年找個結婚對象，35歲之前一定要把自己嫁掉！
這次我絕對會做給大家看！
這般鬥志也太熱血沸騰了吧
這就叫主動出擊
咕嚕咕嚕
做給你們看
我對婚姻就沒有這麼多想法~
雖然還是想要有個男朋友啦~
對了，惠美子，妳要不要去安太歲？
話題轉到安太歲
今年好像是我們的太歲年哦—
無論如何還是去安一下，比較放心啦~
我姐在太歲年時就出車禍了呢
非常在意這件事
夠了吧，我就偏不去，平安度過這一年給妳們看！
做給你們看
對這種事馬上就熱血沸騰了起來

4月25日(二) 晴天
既然是春天，不如趁現在來做點新鮮的事吧。
料理教室好像不錯—
翻閱
成人教育中心
說不定還能遇到結婚的好對象？
男性料理教室
一～五
16:00～19:00
呵哈
呵呵呵
從照片裡的人來判斷的話
好像都是些中高年的人耶~
參加英語教室，遇到金融業或外國人的機率可能比較高吧—
(可是學費超貴)
如果是健身房…
運動型的也…
肌肉男好像也不錯
敲大鼓入門課程
俐落
咚
咚咚
好興奮
每一種都是我的菜呀
拜託，這樣的話不如去參加聯誼還比較快咧…
又不是沒參加過…

4月26日（三）晴天
思考創作題材
自己一個人喝醉了窩在公車站睡了一晚（30歲單身）
把自己（30歲單身）的影子投射在主角身上還滿有趣的……
呵，有點自虐傾向
索性把（沒男友）這點也投射進去就更好玩了
呵呵
再加上（沒存款）看看
還有（沒證照）
沒存款
沒證照
（沒學歷）
（沒豔遇）
……
一長串～
沒存款
沒證照
沒男友
沒學歷
沒豔遇
好像加得太過分了
個性獨立
有工作
有朋友
有食慾
有手力
拚了～
怎樣啊
沒存款
沒證照
沒男友
沒學歷
沒豔遇
個性獨立
有工作
有朋友
有食慾
有手力
有自制力
哼
滿足

4月27日(四)陰天
午休時間
我有個絕對能夠抓住男人心的秘訣唷—
(化妝品賣場的員工)
偷聽那些看起來很受男性歡迎的女生們講些什麼
哼哼，甚麼祕訣？
我給人的感覺好像平常很會亂花錢，臉上的妝很濃，對吧？
所以有男生約我時，我就改化自然的淡妝，整個人看起來就完全不一樣了
而且我還會自己做便當去哦
一見面他就「哇？」地嚇一跳呢
甚至改觀認爲我是個宜室宜家的好女人呢
嗯嗯
看來男人還是抵抗不了女人百變的魅力呀
這麼說來，平常總是化淡妝、看起來像個平民百姓的我，約會時反而要濃妝豔抹、看起來像個拜金女？
我要買這個～
還是香奈兒好呀～
這樣真的行得通嗎？
…
這些女孩說的話是可以當參考啦，但我絕不會跟著模仿…
重點是現在也沒人約我啊～
吸吸

4月28日(五)陰天
妳聽我說～
昨天我接到一通奇怪的電話哦～
啊，友紀嗎？妳還記得我嗎？
ㄟ？你是誰？佐藤嗎？
不是啦，妳不記得了唷？
妳猜猜看
到底是誰呀？
咦～是鈴木嗎？
咦？
…不是啦
該不會是田中吧？
啊？
妳真的忘了唷
因爲對方知道我的名字，所以我直覺認爲他應該是朋友或前男友之類的
那麼，我們見個面吧，到時候妳就會想起來了
驚
最後我才知道是騷擾電話～
真是氣死我了～
我也接過這種騷擾電話…
難道這公司員工資料外洩了……
幸好我老早就察覺是騷擾電話，馬上就掛斷了
因為不會有男人打電話給我劈頭就說：是我啦嘿嘿～
騷擾電話也奈何不了我！
？
只是覺得自己似乎輸給這女人了

4月29日(六)晴天
今天冰箱裡有蛋、雞肉，還有一些蔥…
親子丼
親子丼
啦~啦
親子丼
啊
有效期限只到昨天！
啊
這個三天前就過期了！
啊
看外表似乎還好
沒想到默默地就過期了
有一種似曾相識的親切感…
雞蛋
不！沒關係！還是可以的
只要確定有煮熟，煮熟了就行
吃起來一定還是很可口的
咕
咕
沒錯，果然美味
呵呵
嚼
嚼
隔天肚子也沒出現異狀

4月30日(日)晴天
哥哥(30歲單身)趁著出差順便回老家一趟
不太談關於自己私事的男人
大哥有女朋友嗎？
有打算結婚嗎？
嗯—應該這麼說吧，好像有又似乎沒有
一下子就跳到這個話題…
公司裡沒有好對象嗎？
也不能說完全沒有啦
只是工作很忙，沒甚麼時間注意
每次問那孩子都得不到明確的回答…
該不會交了甚麼壞女人吧…
要不要我來幫你翻譯呀？
總而言之就是，他現在沒女友，也沒放棄結婚念頭
公司裡當然有好對象，只是沒人對他有興趣啦
翻譯成30歲單身術語
哇—
哇—
妳這個人是怎麼回事啊
我是說好像有又好像沒有，又不是說完全沒有
看來這兩個孩子的姻緣目前八字都還沒一撇啊…
我聽懂了

看了健康檢查結果，
我想自己的
血壓偏高是因為
一下叫我做這個
又做那個～
工讀生無故
不來上班
老闆又
特別囉唆～
健康檢查是
趁上班時間空檔
去做的關係吧

5月23日（二）
便利商店前
啊，有一隻小狗狗耶
這麼乖巧在外面等呀
很棒唷～
哈
哈
這時候也許在某處有個某人看到了我
認為「這女生這麼愛護動物，一定很溫柔善良吧」
我心裡暗自想著…
喔，和媽媽走散了是嗎？
這時心裡當然也抱著一樣的想法
每天就這樣不停幻想的我
我看暫時就這樣在店裡繞幾圈吧

5月24日(三)
前天睡得早，今天也就起得早
8點～不錯的清晨～
再兩小時才要上班～
不如來做個便當吧
這便當是妳自己做的嗎？
哇～看起來很好吃呢
高木很會做菜哦
哦～不錯不錯
心裡想著這個畫面，我也…
啊呵呵
這一刻終於來臨！
第一個抵達餐廳
哦，森下，眞難得呀，自己帶便當？
發薪日前手頭總是特別緊哪，哈哈
哈哈哈
看來我是被歸類於節儉派的呀
…

5月25日（四）
發薪日
先把這個月的預算列好
美容院
飲食費…
瓦斯費…
ㄜ
暈眩
因為從5月～6月份光是結婚紅包就得包
11萬日圓
（3人份）…
我真的不行了…
我當然是滿心祝福這些新人啦，
但是我真的沒甚麼錢…
嗚嗚
老妹的婚禮好像沒理由不參加…
要婉拒朋友的結婚典禮嗎…
還是乾脆通通都不去算了…
…
可是，萬一能在婚禮上遇到好對象…
振作
超支貧困
每天的飲食費只能花600日圓…

5月26日(五)
下班後大家一起聚餐
啊，對了，聽說百合子前輩生孩子了～
關於送禮的事～
已經打算好要買這個
她說想要一台嬰兒車，我們不如就合資買來送她吧？
嗯
每個人出8千日圓，可以吧？
噗
和她的交情又不是多好…
這也太貴了吧…
想說出個三千日圓就差不多了…？
難道大家都沒異議？
傻—住
有零錢找開嗎？
已經拿過賀禮
即將要拿到賀禮
啊
看來只有我誤闖了這個送禮圈啊…

5月27日(六)
即將按照書裡的方式進行節約術
將生活費規劃好後分裝進紙袋裡
NHK
水電費
房租
美容支出
飲食費(一星期份)
原來呀
這樣一來就不會亂花錢了
結果我還是習慣從錢包裡掏錢出來用
晚上九點來收款的NHK收費員
所以
對了，再從紙袋裡拿出同額的鈔票就行啦！
賺到的感覺
注(並沒有真的賺到哦)
可是，有時以為自己放了鈔票進去，結果袋子裡卻啥都沒有
啊，之前身上沒錢時先從裡面掏一張出來用掉了
傻—住
不夠用
水電費
有時甚至連紙袋都不見了
天哪—
難道我把它當廢紙丟掉了？
管理鬆散
一點兒也沒節省到
洩氣

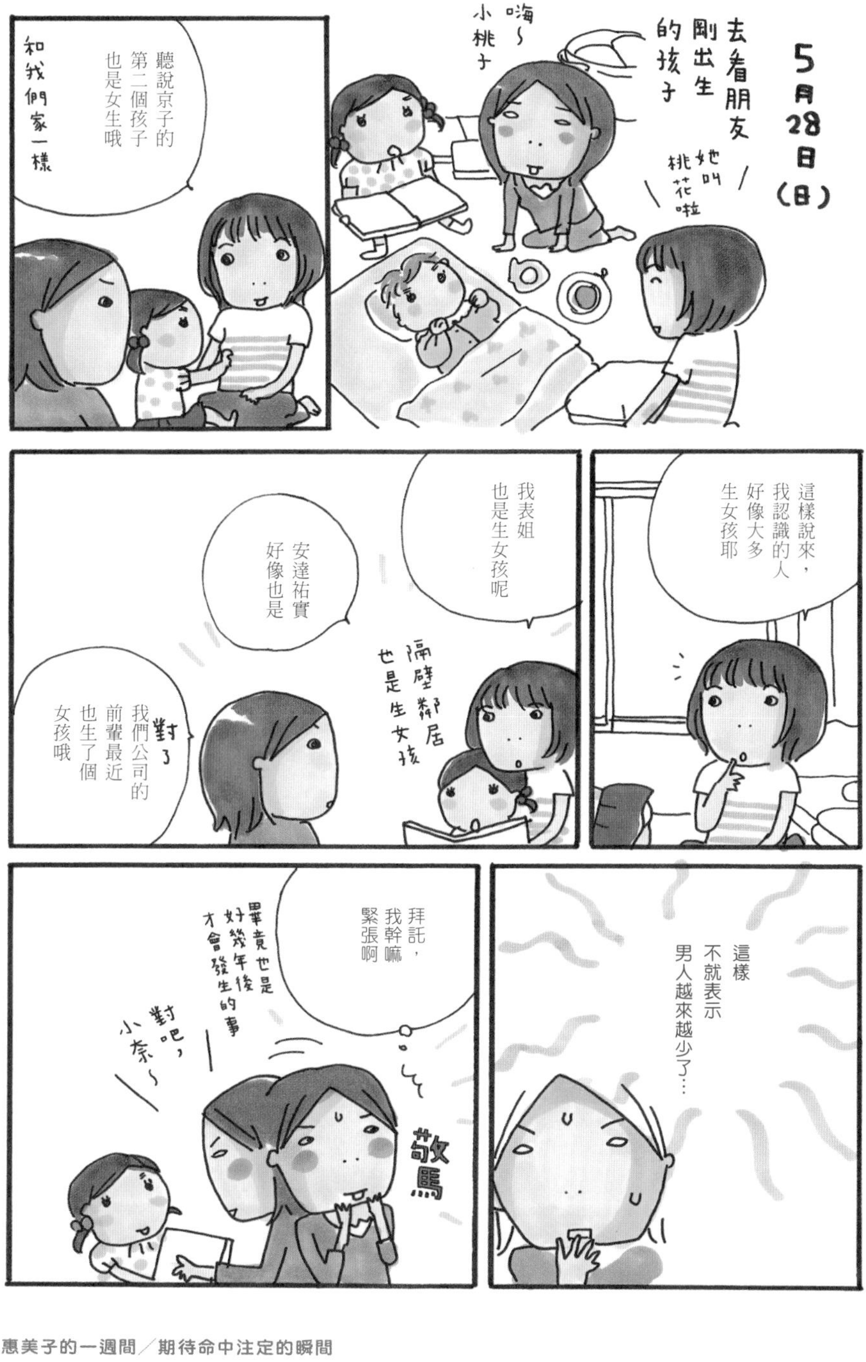
5月28日(日)
去看朋友剛出生的孩子
嗨~小桃子
她叫桃花啦
聽說京子的第二個孩子也是女生哦
和我們家一樣
這樣說來，我認識的人好像大多生女孩耶
我表姐也是生女孩呢
隔壁鄰居也是生女孩
安達祐實好像也是
對了
我們公司的前輩最近也生了個女孩哦
這樣不就表示男人越來越少了…
驚
拜託，我幹嘛緊張啊
畢竟也是好幾年後才會發生的事
對吧，小奈~

日子稍微往前推個幾天
4月27日(三)
作品出版之後過了幾天，我跑到書店去
緊張 心跳
不知為何要躡手躡腳
漫畫圖文區
哇，有耶~~~
我的單身不命苦
緊張
漫畫 圖文區
咦？、
夫妻輕鬆度日
緊張的生產
甜蜜的新婚
維持兩人的熱情
有甘有苦的育兒經
我的單身不命苦
這些書的陳列方式，和我之前參加的同學會情況真像啊~
結婚10年了 美代
懷孕中 美和
小紀 新婚
和年紀比她小的男人同居中 康子
里沙 已經生第三個了
單身中
哇~

開始瘦身前一定要把房子打掃乾淨啊。
來，轉身
30
鏗
乒
滑落

6月28日(三)
學生時代不是有些人很會幫別人取綽號嗎?(像是幫老師取之類的)
你覺不覺得他很像卡爾大叔?
卡爾嗎?
哈哈
那就是本人我
而且這習慣依然活躍中
『吉吉』
因為講話聲音很像卡通人物「老鼠吉吉」
吉吉今天也提早下班耶
新人竟然這麼囂張
綽號主要用在講主管壞話的時候，是身處辦公室時一定要有的暗號
新來的副店長很快也被取了綽號
「矮胖男」
身高156公分
呵呵，怎樣啊?
超像的
取得太好了~
呵呵呵
啊，就是那個矮胖男吧?
沒錯，又是那個矮胖男多管閒事~
誰是矮胖男啊…?
盯
驚
太過於人符其名的綽號很容易被識破
這下糗大了
緊張
這個

6月29日(四)
在半夜播出的購物台節目
發現不錯的商品
利用微量電流
預防肌肉下垂
Sofe Magic
甚麼~只要這樣做就行囉
不自覺地跟著做了起來
哦,這樣可以拉提眼角
沒戴手套的話,怎麼努力跟著作也是沒用的…
定價
82,950日圓
可10次分期付款!
好貴喔~
很想買
但是太貴了
唉~
去外面做臉10次就不只這個價錢了
很划算唷~
是喔,這樣說也有道理…
心動心動
嗯…
怎麼辦,要不要買~
等一下,如果勤勞點自己動手按摩
免費
像這樣
臉部按摩
花大錢之前要想清楚
自己做不來的話再買
先自己做做看吧

6月30日(五)
到剛結婚的妹妹新家去玩
老妹真的結婚了，太好了～
總算能放心了
蜜月旅行的土產禮物
不知道我何時才能帶著孩子回老家探望父母啊
老哥也是
遙遠的未來
不過這樣一來就不必再聽爸媽
一天到晚嘮叨快點結婚生小孩了
快點趁年輕身體好給我生個孫子
吸吸
可是我生了孩子之後他如果吵著要年紀差不多的表兄弟
我看老姐妳還是快點生個孩子吧
驚
竟然被老妹嘮叨了……
呵呵呵……

7月1日(六)
和朋友討論心目中的理想對象
不知爲甚麼，年紀越大，理想對象的條件也變多了
年收入要八百萬日圓以上
職業最好是銀行員或大公司職員
喜歡小孩
還要幫我分擔家務
要愛狗
甚麼？
……
好啦，我知道世界上沒有這種完美的人！
我很清楚現實的！
我的條件比較寬鬆啦
只要有工作，年收入多少不重要
做哪一行的都行
家事的話…我自己來也可以
理想條件只有一個
哦
必須長得像小田切讓！
這傢伙…
…
嘿嘿♡

7月2日(日)
一個禮拜前買的冰箱
明天要送來了
嗚～
真糟糕
亂七～八糟
送貨的人到時候
一定要進來，
家裡不整理
不行啊…
可是
今天加班好累…
好想睡喔…
算了，
反正只有一下子…
而且就算
家裡髒亂，
送貨員
也不會介意吧…
…
可是，萬一
送貨員長得
超帥的話…？
振奮
上個月
也是這樣…
洗
洗
洗

7月3日(一)
今天開始三連休(暑假)
我沒排甚麼活動，整天只是隨性地在房間裡昏睡或打發時間
超幸福
渡部只要放連假，就會夫妻倆一起去旅行—
田村也和男友去迪士尼樂園玩了
可是我一個人在家鬼混，也能和他們一樣開心哪
連休假過得如何啊～？
很開心—

7月6日(四)
昨天晚上喝醉了，回家時在樓梯滑了一跤
撞到骨頭鏗地一聲
滑
鏗
今天早上起床發現有個超大瘀青
哇，甚麼東西啊
大家都很驚訝地問我發生了甚麼事
妳的臉好嚴重哦
還好吧？發生意外嗎？
哇
不小心摔倒了
年紀較輕的同事可能基於貼心（？）吧，沒有問我瘀青的事
哇，您早
那個眼神好像被逼著看甚麼不該看的東西哦…
甚麼表情啊？我的臉有這麼恐怖嗎？
聽說妳的瘀青是被男朋友打的？
你還好嗎？
甚麼？
甚麼時候變成這個版本…
辦公室謠言真是恐怖啊…
唔…沒關係啦，對沒男友的我來說，有這種謠言也不錯…
偶爾也想沾點這種緋聞八卦哩…

喝完這杯
睡個好覺，
討厭的事
就把它忘了吧
呵～人生。。
不過如此啊

這就是成人世界

又遇到
該買不買的問題
Soft Magic 82950日圓
讓妳的臉不再像這樣下垂!!
這種高檔貨應該也有比較便宜的相同產品吧
1萬日圓左右
嗯~只是效果怎樣就不知道了
可是，成熟的女性應該買正品吧（？）
不應該買那種「便宜貨」
雖然貴，但想買就直接買吧
可是我沒有閒錢買那種高檔貨啊
嗚嗚
這時候成熟的女性再怎麼想買也會忍住吧

每個人的用錢之道

年終獎金發下來後
終於下來了，真好
對呀
只是金額不多，還要拿來付貸款和生活費…
老公的車貸…
孩子的補習費…
一家四口的生活費…
唉～
像你們這種單身女郎，賺的錢統統花在自己身上
真令人羨慕啊～
老年的生活費…
醫療費…
喪葬費…
對啦，的確是賺的錢全花在自己身上
但這樣會令人羨慕嗎…!?

女性的解壓妙方

大家聚在一起罵罵公司，聊聊一些八卦
這個我聽說過
真的很火大耶~
大家也都這麼說耶
聽說山岡和那個打工的小傢伙在交往哦~
打工的？誰啊？
嗯，就是臉有點白的那個
咦~？是誰？叫甚麼名字？
嗯…就是那個高高的、染咖啡色頭髮
太田嗎？
不是啦，是和他交情不錯的那個人
渡邊？
也不是渡邊啦~
那是小杉囉？
唉唷~ㄜ~就是那個人啊
那個小杉之前也有和她交往過啦
唉唷，就是那個長得瘦瘦高高的人
到底是誰啦
就是那個人啊
嗯~就是~ㄟ~
壓力反而倍增

冰箱的歷史

我的冰箱史
第1台—
公司員工
宿舍附的
超小台冰箱
令人懷念的單門冰箱
第2台—
辭掉工作後
搬到單人房公寓，
買了一台
普通的
單人冰箱
雙門的
第3台—
搬進
一房一廳的公寓，
因為男友常來
特地買了
2～3人用
的大冰箱
嗯～
晚餐吃甚麼～？
那台壞掉後
買的第4台—
又回到
單人冰箱的時代
大的冰箱太耗電了…

回神時…

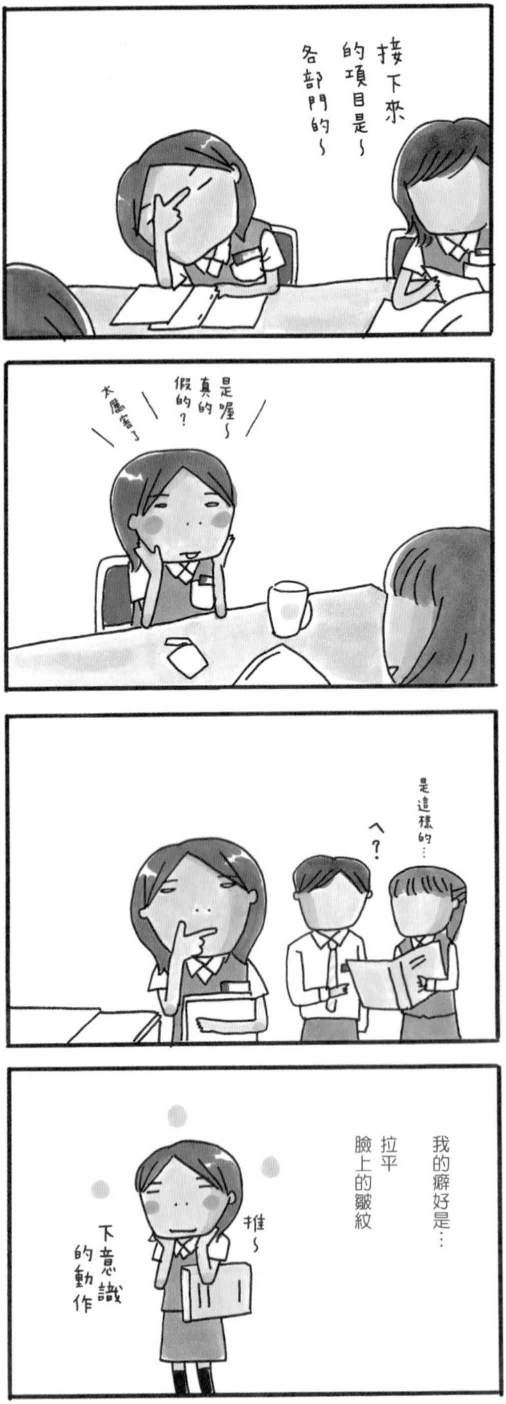
接下來的項目是~
各部門的~
是喔~
真的假的？
太厲害了
是這樣的…
ㄟ？
我的癖好是…
拉平臉上的皺紋
推~
下意識的動作

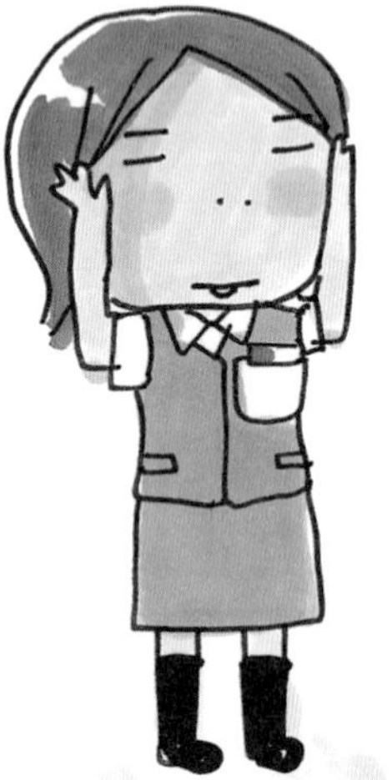

萬事具備

年過一年，我發現出門前要花好多時間做準備
還有－防曬乳
以前只要帶錢包就能放心出門去
啊，我忘了那東西
錢包
手帕
惠美，妳明天休假不上班吧～？
明天本來約好跟我們一起去郊外兜風的人不能去了～
妳要不要來呀～？
ㄜ～明天嗎～？
福山還有Mr.Children也會去哦～
福山…♡
Mr.Children…♡
可是去郊外兜風…
要先擦好防曬乳
儲備體力…
去買郊遊用品…
服裝…
冷敷片
真希望有一整個月讓我做準備呀…
唔～嗯

32歲的鴻溝

我上班的地方（大賣場）主要的工作人員是40~50歲的兼差家庭主婦
以及20歲左右的正職員工與打工族
像我這種（30~35歲）年紀的人很少
32歲 正職員工
因此有同年齡的新員工加入，我就特別開心
我們同年紀耶
哇~這麼巧？
啊 森下小姐，我可以坐這裡嗎？
請坐~
習慣這工作了嗎？
嗯，但還是有些不懂的地方
一開始都是這樣啦~
可是…
就算我出來工作，我老公還是不肯分擔家事~
…

唔—
這話題很難接得下去
因為我還是單身哪
如果是這種情況
我明白，我家裡那個也是這樣～
是喔～
一定能聊個沒完沒了吧
我辦不到啊…
但好不容易她對我也有好感，場面冷掉的話不太好
您先生是做哪一行的？
之後我們聊了一些她的朋友夫妻檔和周遭友人的一些事
「冷暖人間」
「老天幫幫忙」
在這些連續劇裡學到的知識此時發揮功能，讓話題不斷延伸下去
我朋友的老公也是這樣哦～家事都不幫忙做～
討厭～男人怎麼都這樣～
想要兼顧家庭與工作真的很難耶～
唉～
是啊～
點頭點頭

咦？
她該不會以為我也結婚了吧？
今天晚餐要吃甚麼呢？我老公很晚才會回家~
森下小姐家裡都怎麼做呢~？
呵，眞高興能和森下小姐變成好朋友~
我跟著老公一起搬來這裡，還沒有交到新朋友呢
一直很想找個能夠聊天訴苦的朋友說~
怎麼辦？如果不好好回應她，總覺得過意不去…
？
早知道一開始就先講清楚…
我們同年紀耶
哇~這麼巧？
是從這裡開始吧…？

我目前
還是單身，
渡邊妳呢？
像這樣
先說出來？
啊…
我…已經
結婚了
不好
意思
覺得
怪怪的…
總之我們
就這樣隨便聊聊，
建立了交情
看她這麼高興，
不忍心潑她冷水
明天見～
只是，
總有一天
她會知道真相…
一直以來
我們的交情
算甚麼？
爲甚麼
要瞞著我？
妳這個騙子
我沒打算
要瞞妳呀
緊張
心慌
這樣一來
我不就和那些
明明結婚了卻不說，
還偷偷
和其他人
交往的男（女）人
沒兩樣嗎…
好，我一定要
找個好時機
把話說清楚

咔啦
咔啦
森下小姐有小孩嗎～？
辛苦了～
沒、沒有
現在就是好時機
我也還沒生小孩～
到了這年紀，也該好好考慮了，是吧？
是、是啊
不
「不過我還沒結婚啦」
看，就這樣說
不
不過～
但妳得先把自己嫁出去才行哦
哈哈哈
出現
辛苦了
隨便亂插話的歐巴桑
…
我…
不過現在有不少女藝人到了40歲才生孩子，滿厲害的
我也想在35歲之前生小孩呢～
故意跳開尷尬話題
成熟的對話
呼

從此以後
從此以後…
「不過我還沒結婚啦」
這句對我來說必須鼓足勇氣（？）才說得出口的話…
呵
算了，先別管它
一旦走入社會，朋友之間的友誼，或許跟年齡沒關係
但是已婚或未婚，也許會關係到交情的好壞…
結果只要看彼此合不合得來…
之後我和渡邊成了一起去做岩盤浴的同伴
彼此都對美容、健康、保養很有興趣，講話非常投機
電視有報導過喔～
要不要來試試看？
對了，森下，我老公有個不錯的朋友～
要不要和他見個面？
啊
是怎樣的人？
下一回
許久不曾出現的約會話題哦
也許可以畫出…

臉紅心跳的相親會

最近交情越來越好的渡邊小姐，打算介紹她先生的好友跟我認識—
其實我也沒見過他本人啦～
他和我老公同期，一直吵著要我老公幫他介紹女生
請問您先生多大年紀？
今年38歲
38歲，單身，一直拜託同期友人「幫我介紹一些女性認識吧」的男性…
聽說似乎是個風趣的男生哦
而且還挺風趣的…
那就先見個面再說吧～
真的嗎？那我趕快跟我老公講一下
喀啦
喀啦
好久沒…相親了呢～～～
不過還是先不要抱太高的期望
期待
揮
揮
期待
走開走開，絕不能有所期待！

於是，我們在渡邊家辦了烤肉兼相親會…
您好
來得正好
歡迎歡迎
這位就是和我同期的藤原
您好！很高興認識您
幫他取個綽號叫「摩亞」吧…
還是要叫「馬臉」？
您好，我是森下惠美子
沒關係，反正我真的沒抱任何期待
呵呵呵…
「如何？好像…不是你喜歡的類型!!」
以眼神交談的兩女
「別這樣說啦，他看起來像個好人！」
不行不行這種情況下
一定要表現得很開心啊
聊了一陣子後發現他人還不錯
咻—
呵呵
哦—

以藝人為例的話，森下小姐喜歡那種類型的人？
今天的熱場隊長
咻ー
藝人嗎？
那當然是
小田切讓囉ー
但此話要是一出口
等於完全否定了此人
這時最好是貼心地挑個喜歡的搞笑藝人
我喜歡SUMMERS的三村
啊，我也很喜歡他耶
藝人的話我最喜歡的是青木SAYAKA
看來我是貼心過頭了？
啊
手帕
摩亞的腳
那那那…那是甚麼襪子啊…
看到不該看的東西了…

而且……
所謂的好人的確人都滿好的啦
但是咧…
哦—這麼久來妳都是一個人過生活呀，那麼一定很會做家事了~
您最擅長做哪道料理啊？
ㄜ…炒飯吧？
炒飯聽起來簡單，要炒得好吃可不容易呢~
盡責的熱場隊長
您喜歡小孩嗎？
嗯，還好
這個人提的問題全都和結婚有關
快讓人喘不過氣了…
感覺好像正在被打分數喔…
呼—
從他提的問題就知道，這個人的理想對象是
賢妻良母
原來呀~這個男人就是太龜毛，才會一直到38歲還是單身
呵呵呵
對自己的現況完全的裝傻

哦，我差不多該走了
對了，森下小姐，您住哪裡？我可以送您回家！
該來的還是來了…算了…也不好意思拒絕他
呵…謝謝您…
如果此時能有個共通話題，場面就不會這麼冷了…
…
到了這年紀，父母親就會一直催促快點結婚，對吧？
是啊
我是家裡的長子，父母更是拚老命地催婚呢～哈哈哈
呵呵呵…
共通話題終於出現…彼此都是30歲以上還單身
但這個話題我一點也不想搭腔啊…

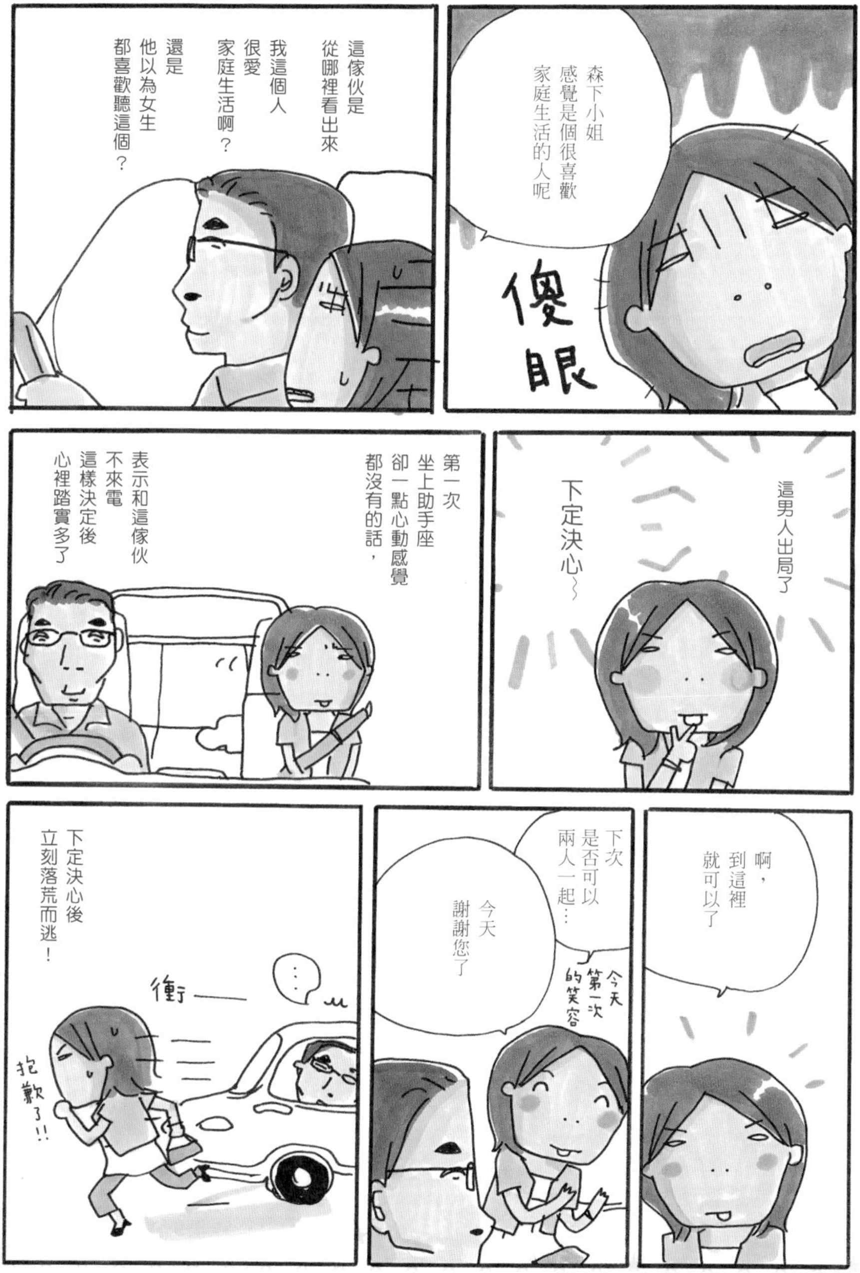
森下小姐 感覺是個很喜歡家庭生活的人呢
傻眼
這傢伙是從哪裡看出來我這個人很愛家庭生活啊？
還是他以為女生都喜歡聽這個？
這男人出局了
下定決心～
第一次坐上助手座卻一點心動感覺都沒有的話，
表示和這傢伙不來電 這樣決定後心裡踏實多了
啊，到這裡就可以了
下次是否可以兩人一起…
今天謝謝您了
今天第一次的笑容
下定決心後立刻落荒而逃！
…
衝——
抱歉了!!

接下來之後…
基本上
我不太喜歡相親…
從來也
不曾成功過
呼—
面對面時
毫無自信～
更不懂該
怎麼回答一些
以結婚為前提的問題
按摩淋巴
雖然我們公司裡
幾乎都是女性員工…
但是去
便當店時，
偶爾還是
會遇到一些
男性上班族
心亂神迷
真想在
這樣的環境
上班哪～
所以，
為了隨時迎接
機運的降臨
每天我都
認真做好維持美容
與健康的工作
房間也
打掃得
乾乾淨淨，
以備不時之需
要記取
過去失敗
的教訓哪

畫「摩亞」的臉越畫越傳神，真是太恐怖了
哇～怎會這樣
天哪，太像了吧

老妹的婚禮・1

5月某日，
明天就是老妹的結婚典禮了
婚喪喜慶
禮儀範本
第一次參加家人的婚禮
到時可別做出甚麼古怪舉動，讓老妹出糗啊！
（總覺得自己會做出什麼蠢事）
自動自發練習如何有禮貌地遞出紅包
今天…
沙
沙
女性化的洋裝
對於老妹的婚禮自我意識過於強烈（30歲，單身）的我…
雙親…親戚…
屆時要
謹言慎行啊
等著指甲油乾就寢

當天—
亮麗
穿著這身打扮搭電車到婚禮會場，挺不自在的
早上8點
…
這時如果有男友接送就好了—
講這種廢話有甚麼用…
唉—
嘿咻
…
起身
幹嘛換位子呀，這位穿運動服的國中生…
會場—

結婚儀式—
小6歲的妹妹
我這妹妹真是個漂亮的女人哪…
感~動
可惜坐在這個位置完全看不清楚儀式的進行
第一排的最邊邊(太近了)
真可惜…
背影
現在到底進行到哪啦?哎唷,看不見啦—
…
西望
東張
啊,大部分的蠟燭都變小了
太早點蠟燭
新郎的父親是個攝影狂
喀擦喀擦
啊,他的屁股就快被火燒到了~
志村,小心後面哪~
只會注意一些不重要的地方

緊接著的婚禮喜宴
背對著主桌—
站起來就看得見了
雖然座位在後面不顯眼的地方，但只有姊姊1個人站著
……感覺有點恐怖吧
老…老姊？
乾杯
還是老老實實待在座位上吧
諸如此類★
現在讓我報告一下菜單的內容
今天的菜餚全是新郎新娘兩人一起決定的
老媽他們之前就試吃過了
哦～
接下來是擺在門口的歡迎看板
那是新娘的姊姊惠美子小姐特地為新人製作的
噗
麻煩姊姊站起來，跟大家打聲招呼吧
起立
害羞
害羞

老姊
嗨
怎麼會突然想伸手跟大家揮手咧
沮喪
好～丟～臉～哦
佳穗里好像快結婚了哦
對方的年紀聽說滿大的
是喔―
也許會在夏威夷辦婚禮呢
老媽最近很少提要我快點結婚的事
（因為我老是擺臭臉……）
但是我心中卻不斷響起媽媽的聲音…
（尤其是今天）
「妳今後想怎麼辦呢？」
「妳還不結婚哪？」
「到底有沒有在為未來打算？」
難道我有強迫症？

而且明明沒有人提，自己卻講個不停……
雖然我還沒確定啦—
但我也不會辦像這樣的結婚喜宴
滔滔
不絕
不過也不是說我不會結婚啦—
今天和我相同情況的還有另一個人
我也是我也是~
老哥 30幾歲還沒結婚
老妹能順利結婚真是太好了
兩個哥哥姊姊當不了好榜樣
實在了不起啊
一定要幸福哦
在回家的電車上
這時候如果有男朋友接送就好了
好累哦…
又在說廢話了☆

老妹的婚禮・2

5月的大安吉日
今天是老妹
舉行結婚典禮的日子
其中有個
明明不是主角，
卻把自己搞得
累得半死的女人…
呼—
老實說…
我不是
很情願出席
老妹的婚禮…
不是
那個意思啦，
參加老妹的
婚禮我當然開心
而且
打從心底
為她高興
真的
真的
拚命解釋
（跟誰呀？）

而是因為
身為30幾歲還沒
嫁出去的姊姊，
實在很不想出現
在結婚會場啦…
唉
唉唷～還是說出來了～
我真是個小心眼的人哪…
（很怕被人家這樣誤會，
本來是不想畫出來的…）
可是，
趁此機會
我想把當時
自己累得
像條狗的模樣，
忠實地
呈現出來
一切就從
父母打來的
一通電話開始的
哦～
老妹決定
結婚啦
如果我表現得太冷淡，
父母一定會認為
「妳是不是因
為妹妹先嫁了，
心裡不高興？」
所以我刻意
誇張我的情緒
是喔～
好消息
好消息～
太棒了

沒錯，我一定要展現出最完美的一面
雖然已經30多歲，卻一點也看不出來
絕對要做到這種程度！
尤其在老妹的婚禮上
笑顏常開
呵呵呵
讓人覺得我是個「因為妹妹的出嫁而滿心歡喜的姊姊」
開心
愉快
雖然30幾歲還沒結婚，卻是意氣風發…
呵呵呵～

惠美子幾歲啦？
比真由（妹妹）大6歲
差不多32或33歲了吧
（靜岡腔）
這樣她得加緊腳步，快點結婚生孩子囉
如坐針氈
這位伯母是媽媽的好朋友
現在有沒有對象啊？
為了我老媽，她可是盡全力地催著我快點結婚
何必著急呢，被婚姻套牢有甚麼好～對不對呀
哈哈哈
…
不太想搭腔的表妹們
唉
就知道會這樣才不想來…
明明是來參加喜事…
但還是要保持笑容哦，惠美子
呵呵，不要擔心這些啦
笑
展現出大人的風度吧

講話小心翼翼的老媽
惠美子，這相機要怎麼使用啊？
好像不會動耶…
咦？這裡的零件不見了？
掉到哪裡去了？
可能是壞掉了吧…
惠美子啊惠美子
大喜日子怎可說這些不吉利的話
說什麼壞掉之類的…？
對了，惠美子該不會一直都沒男朋友吧？
這不也是不吉利的話嗎？
…
而且
我一直被當成目標窮追猛打卻沒見到有誰去說老哥（30幾歲，單身）兩句…
難道是重男輕女…？
太超過了…

目前有沒有喜歡的人？
嘿，接招
啪
別光問我，也問問老哥吧？
上面兩個都還沒嫁娶，妳媽媽也很擔心呢
嘿，接招
啪
這種事還是得老哥先吧
你們兩個都一樣
啪
啪
管別人之前先管好妳自己吧！
唉呀～

你是哥哥，當然先問你啊
你這傢伙真的很煩、很討人厭
※經常出現的吵嘴鏡頭
…
母
父
回到座位後耳根子總算清靜下來了…
呼——
但只要一抓到機會
惠美子也快點過去，沾沾喜氣啊～
對呀，很重要哦～
哈哈哈
完全逃不出手掌心
準備丟新娘捧花
上洗手間時
呼～～
喀啦
啪咚
喀啦
對了，我還是第一次看到眞由的姊姊呢
驚

怎樣？
看起來如何？
她會怎樣說我？
可能會說我「聽說還沒有結婚～」吧
或是「看起來有點年紀了」
驚慌
緊張緊張
和眞由長得很像哦～
原來啊……
放鬆
有嚴重的被害妄想症
因此
在妹妹燦爛的笑容裡，暗藏著姊姊硬撐的笑臉
但我還是滿心祝福老妹
就這樣我獨自翻過了山頭
覺得自己越來越堅強，即使是單身一人
堅持到底的感覺真好

夏日的回憶

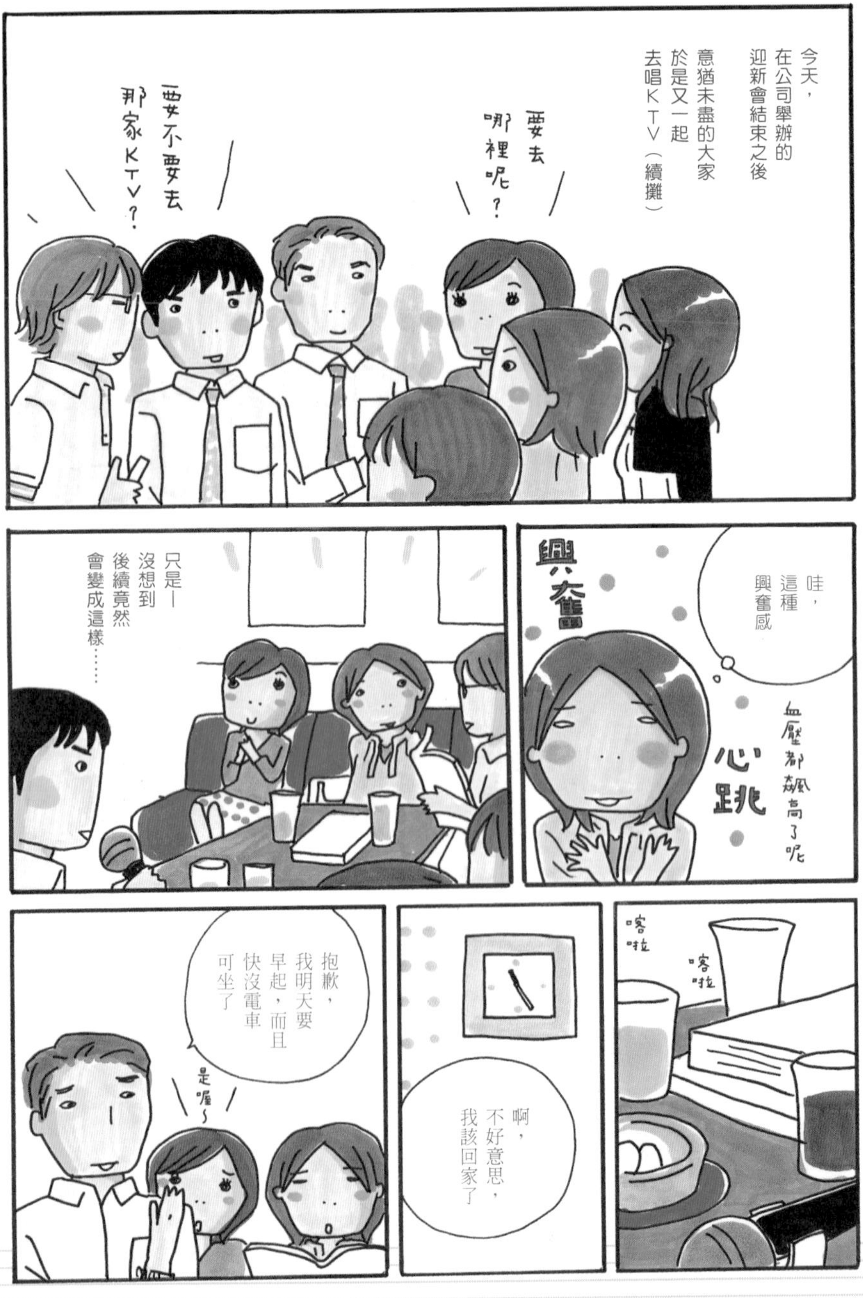
今天，在公司舉辦的迎新會結束之後
意猶未盡的大家於是又一起去唱ＫＴＶ（續攤）
要去哪裡呢？
要不要去那家ＫＴＶ？
哇，這種興奮感
血壓都飆高了呢
興奮
心跳
只是—沒想到後續竟然會變成這樣……
喀啦
喀啦
啊，不好意思，我該回家了
抱歉，我明天要早起，而且快沒電車可坐了
是喔～

我去一下洗手間
啊
我也要去！
起身
現場的男生人數越來越少了
4對2啊…真是的
不好意思
沒辦法呀，他才剛新婚
川上人不錯
非常風趣
我滿喜歡他的說
扭捏
呵呵
原來近藤喜歡川上啊…
被我發現了
滿積極的呢
川上先生，等等我啦～
快步跟上
那3個人去洗手間還沒回來
難道有誰身體不舒服嗎…？
要不要我去看看？
我也要上洗手間
啊

沒關係，反正我也想去洗手間，順便看一下情況
嗯
WC
凝～重
驚
哇咧？好沉重的氣氛哪…
現在進洗手間好嗎…
唔～
東張
西望
還是先回包廂吧…
跟那兩人說一下
驚
哇，好厲害唷
甜甜
蜜蜜
甚麼跟甚麼啊？漫天的戀愛氣氛…

我該不該進去呢…
兩個年輕人會不會嫌我是電燈泡啊…?
猶豫不決
怎麼辦—
去洗手間吧…
去2樓的洗手間…
呼—
瞄
ㄜ…是哪間包廂啊?
…
超級路癡
是最裡面的那間嗎?還是…ㄜ…
我為什麼會狼狽地像個迷路的孩子,在KTV裡亂竄…
真羨慕~好融洽的氣氛喔~
哈哈
啦—
不知所措

對了，去洗手間的話
驚
那3個人應該還在那裡吧
只是這時候過去好嗎？
啊
近藤小姐～！
哦
小跑步
淚眼婆娑
轉頭
唉呀，近藤小姐
抱歉，我先回家了
嗚
啊
現在是甚麼情況？發生甚麼事了？
吵架嗎？
…
跟森下小姐講沒關係啦
這種氣氛很不舒服耶…
好吧
老實說，我們兩人正在交往當中…
然後…
傻｜住
不爽

天哪~~~
所以~~~
那是失戀的淚水呀…
近藤小姐…
也…
也就是說？
你看這個
啊，好厲害唷
哈
呵呵
她難過我們也沒辦法呀…
我知道…
唉
短短的3小時
原本興高采烈的
同伴們瞬間
全變了樣
我的人生也是這種感覺
呵呵呵…
這個30歲
為夏天
寫下了一頁回憶
嗝~

一個人的休假日

您好，我是○○地產銷售中心的金西
唉
原來是推銷啊…
平常的話我會馬上掛電話
我想邀請您來參觀我們的新住宅樣品屋
不過…這聲音是我喜歡的類型耶~~~
請問您現在有考慮買新房子嗎？
既然打來了，我就姑且聽一下吧
其實，只要您支付差不多等於一個月房租的錢，就可以買房子囉，
喔—
我聽人家講過，那是騙人的
啊哈哈，您也認爲是騙人的是嗎？
那一聲啊哈哈真是悅耳啊
呵呵

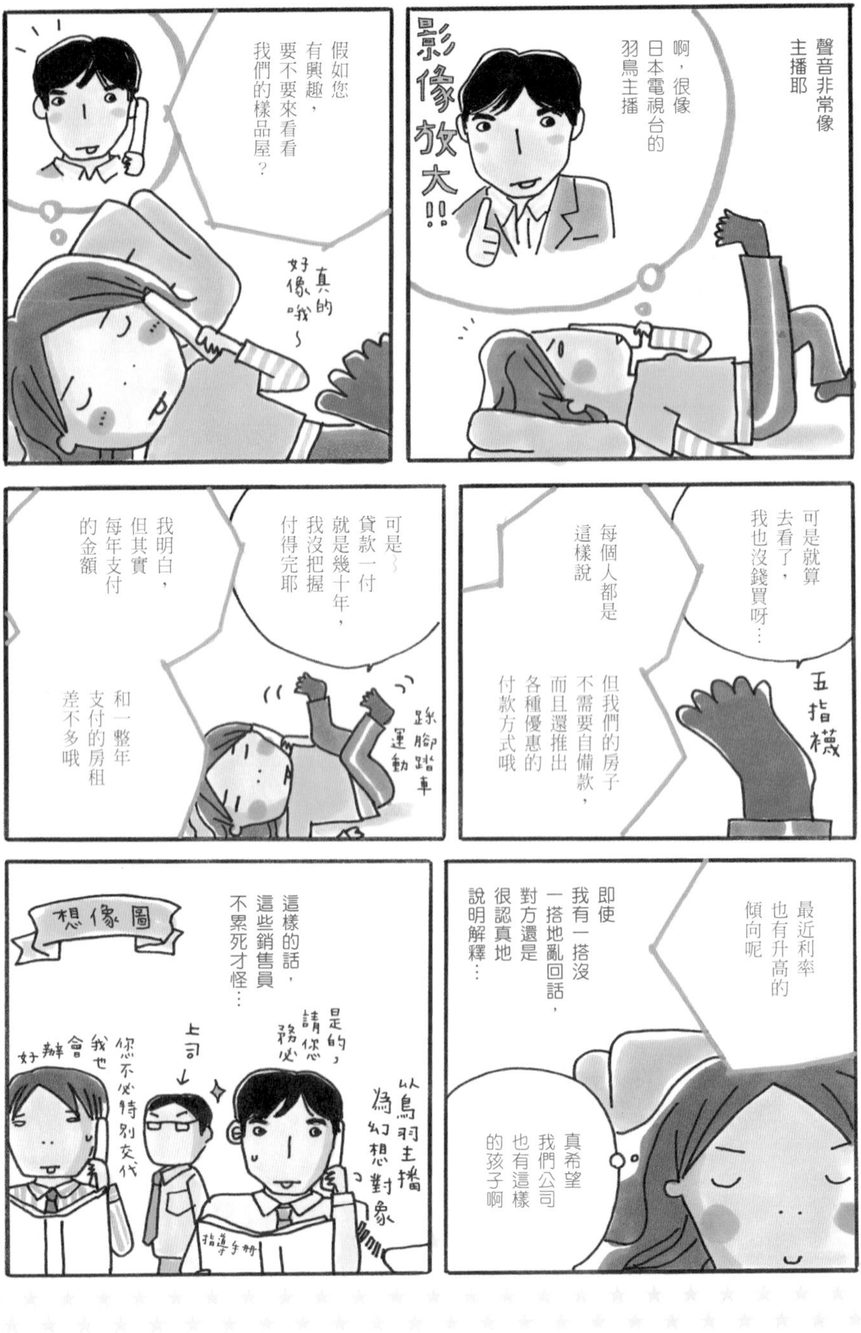
聲音非常像主播耶
啊，很像日本電視台的羽鳥主播
影像放大!!
假如您有興趣，要不要來看看我們的樣品屋？
真的好像哦～
可是就算去看了，我也沒錢買呀…
五指襪
每個人都是這樣說
但我們的房子不需要自備款，而且還推出各種優惠的付款方式哦
可是～貸款一付就是幾十年，我沒把握付得完耶
踩腳踏車運動
我明白，但其實每年支付的金額
和一整年支付的房租差不多哦
最近利率也有升高的傾向呢
即使我有一搭沒一搭地亂回話，對方還是很認真地說明解釋…
真希望我們公司也有這樣的孩子啊
這樣的話，這些銷售員不累死才怪…
想像圖
以羽鳥主播為幻想對象
是的，請您務必
上司
您不必特別交代我也會好好辦
指導手冊

唉，如果我財力雄厚，就能做點讓他開心的事了…
我買了
真是太感激您了!!
不好意思，沒幫上甚麼大忙…
股票或保險的話…
無心購買就不要浪費人家的口舌，還是早點掛電話吧
抱歉，我不想買
啊，您聽我說，關於付款的方式啊
這位先生…
想掛卻掛不了…
現在眞的是購買的最好時機哦
唉～
平常的話即使對方講個不停，我還是會很乾脆地掛電話
唉
請再給我一點時間
我卻不想跟他以這種方式結束…
只好跟他講清楚，我是真的不會買…
對我來說，比起住豪宅，怎麼過日子更是重要
今年我的存款變少了，對於未來充滿了不安…
工作能不能一直做下去也是個問題
我幹嘛一五一十地跟他講自己的經濟狀況啊
驚
脫口而出

哦～
原來如此啊～看來您的日子也過得很辛苦呢
請問您是做哪一行的？
一般的上班族…
這樣的話放心啦
現在有很多女生都買得起豪宅
甚麼？
買得起豪宅的女性＝已經到達某個年紀的單身女郎
難道這個人知道我是個30多歲的單身族？
沒錯，他連我的名字都知道！
該不會是我的個人資料外洩了…？
我曾經在電視上看過
有一種業者會將個人資料分門別類造冊後出售
網購愛用者（女性）
醫生
年收入1千萬以上（男性
難道在「30歲以上單身女性」那本名冊上有我的名字…？
嘿嘿
利用我的溫柔來融化那些30多歲的單身女郎吧
30歲以上單身女性
竟然有這樣的企圖…
天哪

甚麼呀
剛才跟他講了一大堆
想必他多少也猜得到我是單身吧
呵呵呵
啊
不行不行這樣下去我不就徹底成了30幾歲沒結婚、生活困頓的OL了
不過
將來我也許會和男朋友結婚
假裝現在有男朋友
到時可能就搬去他家住了
豪宅我就不買了
祝你今天工作順利啊!
掛掉
呼
我幹嘛要在一個不認識的銷售員面前逞強啊…
不過他的聲音真好聽~
若是能再打來就好了~
呵呵
最後,休假的那一個整天,打進來的電話就那一通

不愧是戀愛的季節啊

秋天—
巧妙地撥弄著
30幾歲單身女郎的心房
咻咻—
對我來說
這真是個危險的時節
好像任何人來約，
我都會輕易地答應…
舉例來說的話，
如果現在有人說要
介紹摩亞先生給我
我說不定會認為
交往看看也無妨呢
大概就像
這般程度
的危險
但假如
沒有任何人來約我
那就沒甚麼
危不危險的問題了
…
呼—
一個人就能平安度過
這個季節
大抱枕
買了
睡得
超香甜

但在這個時節竟出現了
邀約
4月份
被調來當
營業企劃部經理
的稻村先生
年紀大概是
30幾快40歲了
像不像「巨人」隊的仁志?
獨自赴異地任職
已婚。
…
聊天中
他透露經常
一個人去吃飯
看看下次
能否兩人相約
一起去吃午餐
怎麼辦~
如果
兩人一起
去吃飯…
也許
我會因此
喜歡上他耶
唯有在這種
讓人超想談戀愛
的季節啦
萬一在
這種年紀
愛上了
有婦之夫的話
那該如何
是好啊~
不安
猫隊

回頭想想
出社會這十幾年來，陸陸續續看過許多的不倫之戀
很久以前，一個和我同期的女孩愛上了上司，經常來找我訴苦
最後我也只好多忍耐了…
有一天上司的太太來店裡
請問是不是有位坂崎眞佐子？
今天休假啊？
那可以幫我叫一下她的好朋友嗎？
你知道我老公和那女人的事情吧？
快點把妳知道的統統告訴我
好可怕…
最近則是聽到一些太太們說
嘮嘮叨叨
滿嘴講的一聽就知道是謊話的藉口，他以爲我聽不出來嗎！
抱怨
哈—
我也快受不了了
總之，誰都撈不到好處

羞
唉唷，不過是一起吃個午飯，我想太多了吧？
想甚麼不倫之戀咧
要不然找大家一起去好了，不要只有兩個人？
就這樣放棄，滿可惜的耶~
天哪，我竟然會說出滿可惜這三個字？
人一過了30歲
腦袋裡就會經常出現「很難得耶」、「滿可惜的」之類的想法…
這是我年過30之後才出現的戀愛傾向特徵
那些人見人愛的女生，大概不會像我這樣吧…
過了30歲之後，我就不想談那種沒有未來性的戀愛了~

對了
妳知道車站前有一條居酒屋街嗎？
啊，電視上有介紹過
森下小姐會喝酒吧？
嗯，偶爾啦
但一喝酒就臉紅
改天我帶妳去一家店，那裡的日本酒很好喝哦！
驚
經理，抱歉打擾一下
那就下次囉
啊
沒事沒事，只是一起去吃個午飯
不要胡思亂想啦
咦
發熱
可是出現了一個大好機會
很難得耶
出現了

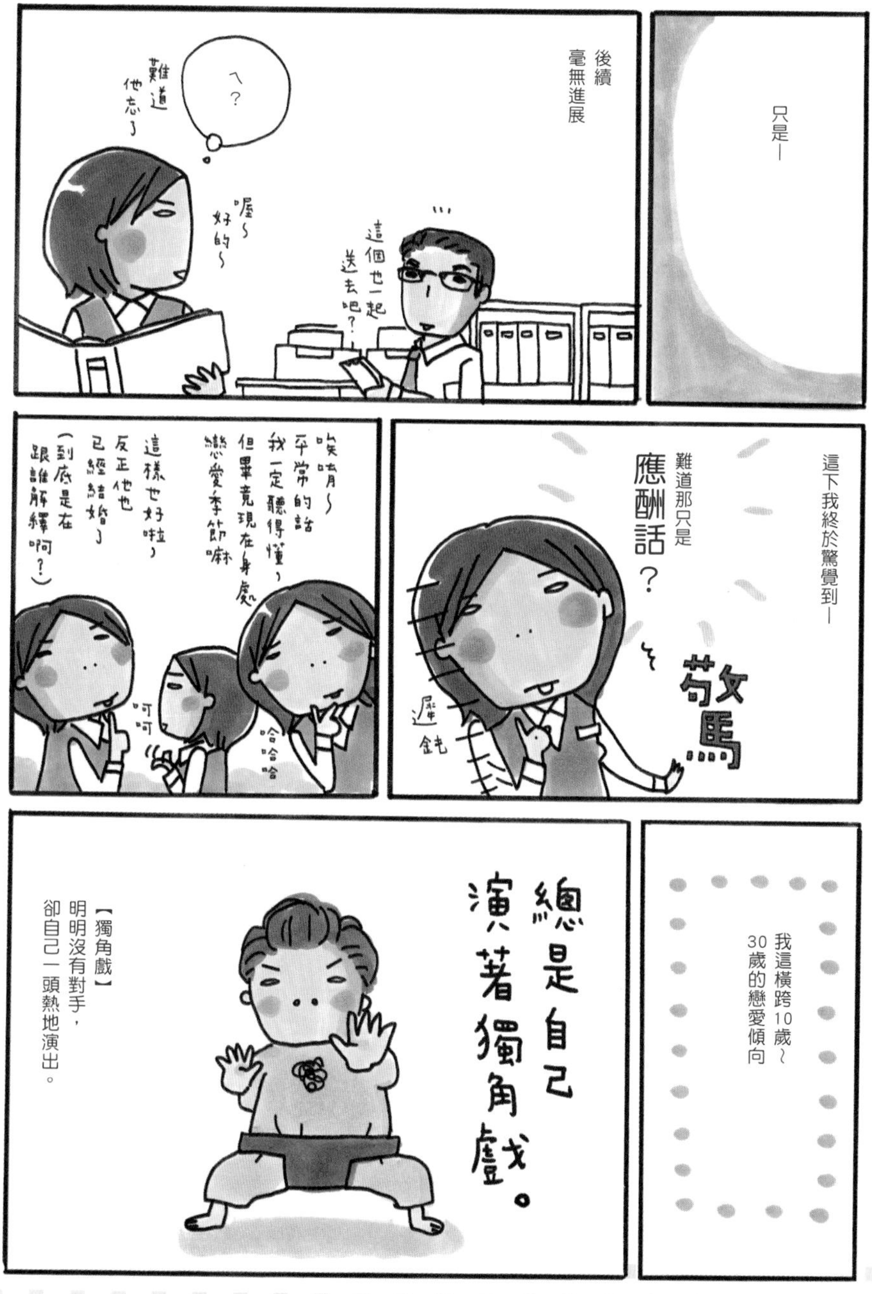
只是——
後續毫無進展
這個也一起送去吧?
喔~好的~
ㄟ?
難道他忘了
這下我終於驚覺到——
難道那只是應酬話?
驚
遲鈍
唉唷~平常的話我一定聽得懂,但畢竟現在身處戀愛季節嘛
這樣也好啦,反正他也已經結婚了
(到底是在跟誰解釋啊?)
哈哈哈
呵呵
我這橫跨10歲~30歲的戀愛傾向
總是自己演著獨角戲。
【獨角戲】
明明沒有對手,卻自己一頭熱地演出。

發生在家裡的大危機

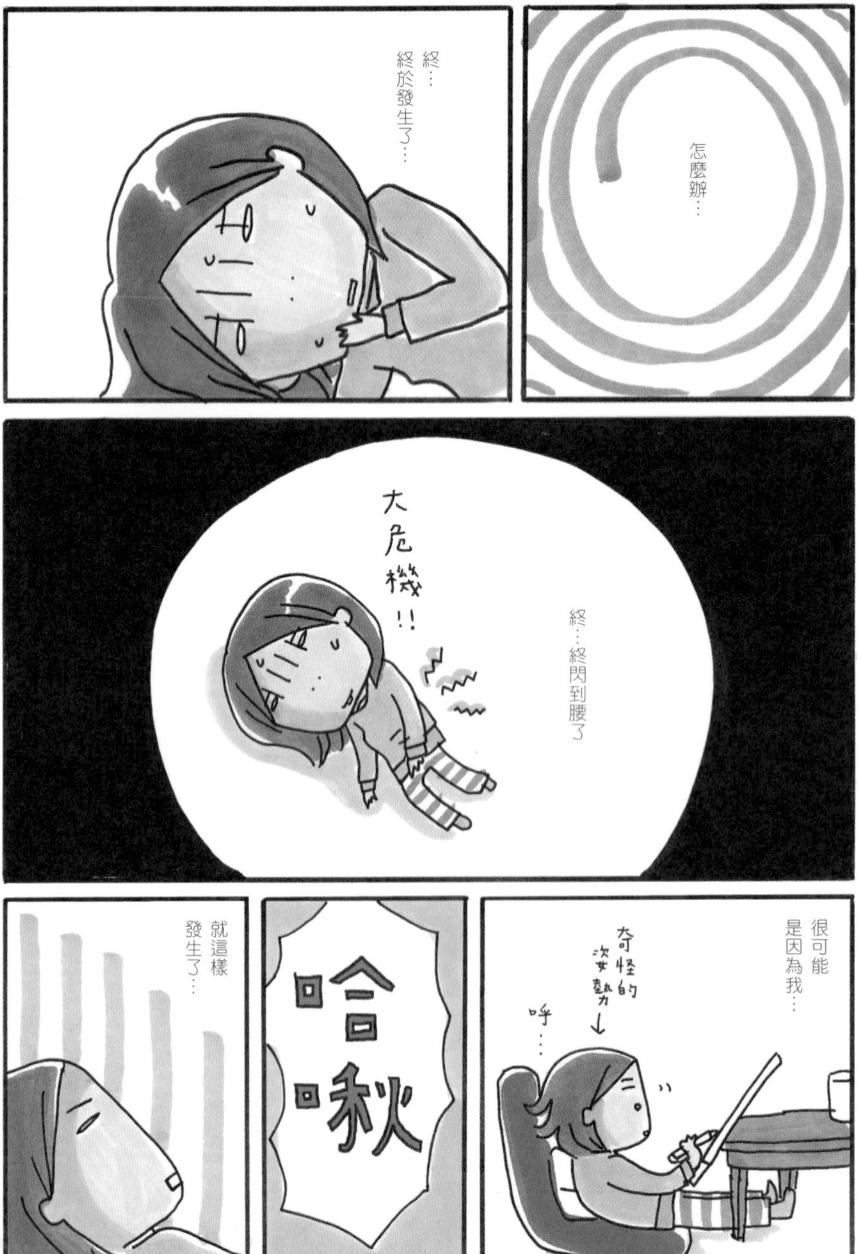

終…終於發生了…
怎麼辦…
大危機!!
終…終閃到腰了
就這樣發生了…
哈啾
很可能是因為我…
奇怪的姿勢
呼…

稍微出力想往前移動時…
唉唷
刺痛陣陣
唉，我放棄了…
喘喘…
保持這個姿勢就不會痛
這麼激烈的腰痛已經是第二次了…
第一次發生在20多歲時
刺痛
沒錯，並不是
上了年紀的人才會閃到腰。
強調
總之，這時得將飲料、食物等所有物品都放在伸手可及的範圍內…
書
電話
麵包
巧克力
飲料
手機
懶散的個性偶爾也會派上用場的…
算是不幸中的大幸吧…
毛巾
衣服

接下來該怎麼辦咧…
唔—
聯絡父母嗎…
這房間真是髒亂哪
不要老是讓父母擔心嘛
誰叫妳一直都是單身，遇到這種情況就傷腦筋了吧？
唉唉～都老大不小了還買這麼多漫畫書，該丟的就丟掉
還是算了吧
通知朋友嗎…
叮咚 叮咚
就算他們來了…我也沒辦法走過去開門…
啊～我在家～我在家啦～
一個人先靜一靜，可能就會好了吧
過來人的悠哉
我看明天應該是沒辦法去上班了
先給同事發個簡訊

文字輸入
我的閃到腰了啦~~
…
嗚~「閃到腰」，我並不想讓他們以為我有多悲慘
聽說森下小姐閃到腰了唷？
呵呵呵
哈哈哈 好慘喲~
跟老太婆一樣呢
那種痛苦只有過來人才能體會
文字輸入
我的椎間盤突出了
…
這種用字遣詞好像只能傳達出「突然病了，真傷腦筋哪！」的感覺
聽起來不是「閃到」而是「嚇到」哩
一定要讓他們知道這有多緊急才行
結果…
文字輸入
我閃到腰（椎間盤突出）了啦~~全身動彈不得
好
這樣一來，萬一我發生了甚麼不幸，她們應該能在第一時間發現我
總算放心了
…

我想上廁所…
雖然很多事
都能自己來，
但上廁所
這種事實
在舉步維艱哪
痛痛
爬
爬
嗚嗚唔
休息一下
呼
呼
再次出發
哈呼呼
痛痛
想到自己
爬行的怪模樣
就覺得好笑
痛
但即使是
笑一下，
腰也痛得很
（我在幹什麼呀…）
哈哈哈
啊嗚
啊哈
啊嗚
痛痛
嘩啦—
回房間的路程
也是超痛苦
哈呼哈
啊嗚嗚
呼
呼

對耶
萬一躺下之後起不來可就糟了
呼—
這時對於未來的不安突然湧現心頭
孤獨老人
無法起身
醫療費
老後
生活費
孤單老死
還是趁年輕多存點錢才是真的…
別怕別怕
還要多買樂透
嗯
中了一億元的話就隨性地花掉一千萬…
其他的等老了之後…
喃喃自語
…
呼嚕～
天大的事一睡著就全忘光了只要睡個覺百病都痊癒的個性
就這樣安安靜靜地度過了兩天…

彷彿剛出生的小牛…
站站…起來了～
護腰帶
終於能走動了～
喔耶～我做到了～
為這種沒啥了不起的事開心得要命
抖
抖
唔～結果我又平安度過這次一個人的大危機
這時候如果有個能撒嬌的對象就好了…
可是去哪找這個人咧？
對了，好久沒進辦公室，去那裡撒撒嬌吧
難得生這種大病
呵呵，當女生真好
好久不見的辦公室—
呵呵～
好重唷，人家搬不動耶～
啊～我來就好～您不要勉強，小心又閃到腰了
怎麼覺得好像被當成老太婆了…？心情更沉重了…

要愛惜你的腰。

步步逼近的年終

又到年底了…
是喔
又到年底了呀…
真是個令人莫名其妙陷入沮喪的季節啊…
唉
啊 才不是
才不是莫名其妙咧
今年又是孤鳥一隻
周遭的人倒是都挺快樂的
一年到頭都在工作
忙死了
卻沒有任何計劃
耶誕節快到了
這時候真的很想窩在家裡悠閒地等待年底的到來
可惜從事服務業是沒辦法這麼好命的
一定得眼睜睜地收看這齣人間大戲
啊哈哈
哈啊

嘩嘩
甚至還得整天都跟這群人混在一起…
嘩嘩
(真痛苦)
哈呵呵
哇哈
沮喪…
嗚…
啊，在這裡
森下小姐~
森下小姐，您要參加店裡舉辦的尾牙嗎？
要去嗎？
尾牙啊~
應該是會去啦
嗯—暫定吧
是喔
那我也參加好了
這次還真早呢~已經又到了這個季節了呀~
唉—
對呀，想想真可怕呢
你才20多歲，還好啦~
桃井香織對吧？
30歲以後才會覺得日子過得很快~
別這樣說，四捨五入後我們的年紀就差不多囉
歐巴桑
へ
!?

怎覺得這個場景好熟悉？
這就是所謂的似曾相識嗎？
這麼說來…
去年我們好像也說過同樣的話耶…
大概每年都這樣吧…
呵呵呵…
公司的尾牙
以前還會不知如何是好呢…
同期的3人
怎麼辦～我們一起坐好了～
我們坐最角落吧
喂，新人要幫大家斟酒啊
啊～～
我去幫片岡先生倒酒～
呵♥
是，馬上去♡
呆住…
啊嗯
東張
西望

我好像每次都是這樣耶～
沒人跟我去參加公司的烤肉會
森下小姐陪我去嘛～
好啦好啦……
當天
呵呵，前輩～
熱鬧
滾滾
呆立
這時幫我解圍的總是女性前輩
森下小姐，來這邊嘛～
呆立
不知不覺中我也變成那一派的人了……
呆立
渡邊小姐，來這邊坐呀～
志工團
渡邊小姐有男朋友了嗎？
對了，聽說那個女生正在和經理交往，真的假的？
（還是被性騷擾）
喝嘛別客氣
喔
酒井小姐很熱情嘛～
那女生真的很體貼男生哩～
也太貼心了吧
請喝～
嗯～討厭
…

尾牙…
幫您加水好嗎？
這邊這邊
是
不必特別在意任何事，專心吃喝就對了
抱歉抱歉
嗯，是啊
如果這裡面有喜歡的人～情緒至少會亢奮一點吧
稻村也沒來～
雖然他已經結婚了
至於那些正在談辦公室戀情的男女，就得經歷各種酸甜苦辣的心情囉
請喝～
這種事我從以前就看多囉
噗
把公司裡的人情百態當下酒菜
你看那個人
正在不爽～
原來是三角關係裡呀
哇，這甚麼肉，超好吃的～
對呀，好嫩唷～

啊
那一桌的菜完全沒人動耶
好浪費喔
大家都跑去別桌，沒半個人留在那裡
好，我們去將沒人吃的肉全都拿過來
把難吃的「酸醋魚」拿去交換就好哩
我先過去囉
耶
嚼嚼嚼
滿足♥
突然想吃些甜點～
啊，請給我冰淇淋
舉辦人
冰、冰淇淋嗎？
我想吃冰淇淋
來來，你也喝一杯吧
甚麼？你有女朋友囉？
難道你真的和那個打工少女交往中？
嗯，大家接下來想去哪裡續攤？
唱KTV如何？
KTV呀～～～
我明天還要上班耶～～
我也是

我可不想在這個季節搞壞身體呢……
畢竟年紀也不輕了
我不去了
我也要回家
那些年輕人就算明天要上班，等一下還是要去續攤呢～
他們就算喝得醉醺醺，隔天還是無所謂地去上班
真是的
那個酒井小姐竟然還一一報告她的收穫呢～
○○先生約她待會兒一起去哪裡啦～
○○先生一直纏她啦～～
驕傲的咧
那女生到處跟人家講呢～～～
唉～如果稻村先生有來就好了～
啊，有算命攤耶，要不要來算命～～？
驚
這種氣氛
難道「似曾相識」又出現了？
以前也發生過啊
對啊
對啊
也就是說去年…
吃完尾牙的回家路上也說了相同的話…
我們每一年好像都沒甚麼改變…
感傷啊…

耶誕節一點也不可怕嘛

耶誕節啊……
嗯
24日（就是現在）完全沒有特別的計畫～
反正從事服務業的人，除了工作還是工作
（這時節很忙的呢）
歡迎光臨
啊
似曾相識的感覺又來了
去年我好像也畫了相同遭遇的作品…。
それからそれから…
但說到耶誕夜
真的每個人當天都已經有計畫了嗎？
耶誕PARTY之類的
其實沒計畫也無所謂呀
漫長的人生還會遇到許多次的耶誕夜呢
反正我也不喜歡勉強自己訂計畫

森下小姐，耶誕節那天有沒有要和男友或朋友去哪狂歡呀～？
我嘛
沒甚麼特別的計畫
我也是耶～
因爲交往很久了，頂多只是窩在家裡吃蛋糕吧～
加上兩人都得上班
說得也是～
其實我無所謂啦
只是不想說出自己沒男友也沒計畫⋯
在冬天

我去年的耶誕夜
05
—加班
唉~
問題在於回家路上
キッ
車站前的大馬路上霓虹閃爍
哇—
情侶
呵呵
朋友團
哈哈
放眼望去盡是快樂的耶誕氣氛…
瑟縮
我一邊(假裝)發簡訊，快步通過這個歡樂的人群

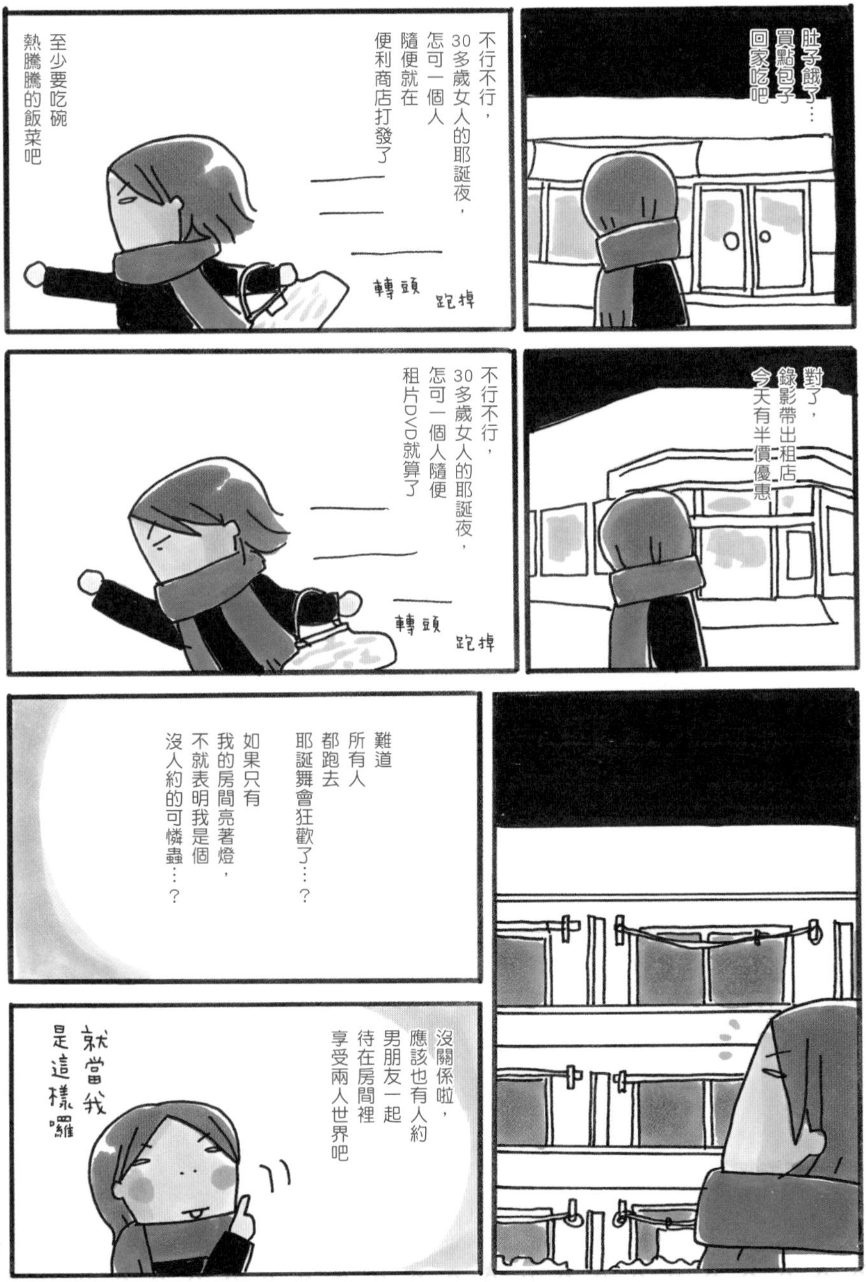
肚子餓了……
買點包子
回家吃吧
不行不行，
30多歲女人的耶誕夜，
怎可一個人
隨便就在
便利商店打發了
轉頭
跑掉
至少要吃碗
熱騰騰的飯菜吧
對了，
錄影帶出租店
今天有半價優惠
不行不行，
30多歲女人的耶誕夜，
怎可一個人隨便
租片DVD就算了
轉頭
跑掉
難道
所有人
都跑去
耶誕舞會狂歡了……？
如果只有
我的房間亮著燈，
不就表明我是個
沒人約的可憐蟲……？
沒關係啦，
應該也有人約
男朋友一起
待在房間裡
享受兩人世界吧
就當我
是這樣囉

ㄟ?
父母傳來的…
母
耶誕快樂
耶誕快樂啊
你過得好嗎
我們兩個都很好
耶誕夜接到父母的簡訊…
是因為他們知道女兒現在很寂寞嗎…?
善解人意的媽媽
NO，說不定是…
那個孩子耶誕夜該不會自己一個人過吧…
打簡訊問一下好了
想太多
如果我馬上回簡訊呢…?
那孩子今天果然沒人約啊…
唉。。
可是今天不回簡訊的話…
幹嘛拖拖拉拉不回信，我還以為你死掉了卻沒人知道
收到簡訊要當天回啊
應該會被碎碎念吧
嗯~
過一會兒再發一封感覺像是「趁PARTY空檔匆匆忙忙回覆」的簡訊吧
（甚麼嘛…）

那是以前的耶誕夜…
今年的耶誕節再也不會這樣手足無措了
哼
我要抱著平常心度過一個人的耶誕節
計劃嗎？沒有耶…
呵呵
理想
蛋糕
表現出自在的感覺
以君臨天下的眼神橫掃那些
歡欣鼓舞準備過耶誕的人群再回家去
大家開心就好
嗯哼
以平常心到便利商店買東西
要不要試試看…熱騰騰的飯菜？
沒想到竟能這麼冷靜
漸漸等我習慣一個人過耶誕節

幾年後，即使在耶誕夜，我應該也能抱著平常心進餐廳吃飯吧
成為獨立自主的女性…
咦？
不對不對
才不是這樣咧
那可不行
我希望能夠學會享受獨處…
幾年後
（不不，能夠今年是最好啦）
能過一個有男友（老公）相伴的耶誕節…！
緊握

今天星期幾啊～？
最近的老毛病

↓

今天星期幾啊～？
竟然無意識的講出這句話來了…？
驚
（真危險哪…）

腰痛後續‧1

前陣子我犯了腰痛
森下小姐，不要太勉強哦～
這樣又會閃到腰啦
讓年輕人搬吧
我來就好
之前做的健康檢查說我血壓過高要小心
火氣大！
那個臭老頭就為了那麼一點小事碎碎念個不停
森下小姐，森下小姐，
當心您的血壓又要增高囉～這件事我來處理吧
你來評評理～
冷靜一下
一直很羨慕那些看起來弱不禁風的女生……
你還好吧？
嗯…真不好意思
白皙又纖弱～
現在我也站在和她們一樣的立場了
其實是因為我閃到腰後，被他們當成老太婆看待吧……

腰痛後續・2

那次腰痛帶給您很大的困擾吧？
嗯，非～常困擾呢—
腰沒辦法動，很多事就不能做了
躺著時有些姿勢很舒服，有些姿勢卻痛得要命呢
千萬別小看了腰啊
呵呵
啊～我沒這種經驗，不太能體會…
咦？
幹嘛臉紅啊…
太可愛了吧
驚
天哪，他該不會想歪了吧
不過這也表示他把我當女生看呀
躺著時會用到腰的姿勢
唉唷～

護腰帶

讓我們歡迎廣告與連續劇的
人氣兒童演員
當紅小生
一神尾
啊
這孩子真可愛～最近常看到呢～
我知道我知道
那張笑臉真可愛呀～
我今年12歲，念心小學六年級
呵呵
弟弟
真想要個
像這樣的
孩子
呀～～～
相差10歲的鴻溝出現的瞬間。
32歲
22歲
…

唷，真可愛哪

唷，真可愛的男生

快遞總按兩次鈴

一個人生活
到家的時間
如果太晚，
就沒辦法
收快遞
嗯～有
郵購和
出版社寄
來的信…
招領通知
所以我請
這兩個快遞放假日時
在相同時間一起送來
叮咚～
來了
啪
有兩個男生
同時出現在
我家門口
這種壞壞
小魔女的
感覺真不錯哩
請您
簽收…
心跳
心跳

後記

感謝您耐心地將《我的單身不命苦②》看完
第2集
依然。
這次我終於要結婚了～
。
沒辦法出現這種粉紅色畫面，真是抱歉哪……
不好意思
關於第1集有個地方讓我非常在意
我的單身不命苦
就是書腰帶的這個地方
森下惠美子
只是目前暫處戀愛
就是這裡
只是目前暫處戀愛空窗期
這樣的設計太棒了
噗！
一陣子之後才發現
森下惠美子宣傳詞…？
只是目前暫處戀愛空窗期
呵呵呵
對啊，只是暫時的唷
沙沙——

還有還有
將看完第1集後
的感想寫明信片
寄給我的讀者們
把想法E-mail到漫畫
劇場給我的讀者
真是太感謝你們了
讀著你們
的來信,
我的內心可是
既緊張又
興奮呢
藉這個版面跟
大家鞠躬致意!!
看來我
並不寂寞呢
再來跳一段感謝舞
把我的書
設計得超可愛
的美術編輯
啊,還有每次總讓
我拖稿到最後一刻的
令尾編輯
發光
特效
以及參與本書
演出的朋友
非常感謝你們!!
我們下次見囉~

Titan 058

我的單身不命苦 2

作者：森下惠美子
譯者：陳怡君
手寫字：郭怡伶
發行人：吳怡芬
出版者：大田出版有限公司
台北市106羅斯福路二段95號4樓之3
E-mail:titan3@ms22.hinet.net
http://www.titan3.com.tw
編輯部專線(02)23696315
傳真(02)23691275
（如果您對本書或本出版公司有任何意見，歡迎來電）
行政院新聞局版台業字第397號
法律顧問：甘龍強律師

總編輯：莊培園
主編：蔡鳳儀
編輯：蔡曉玲
行銷企劃：黃冠寧
網路企劃：陳詩韻
美術設計：郭怡伶
校對：陳怡君・蘇淑惠
承製：知己圖書股份有限公司・(04)23581803
初版：2009年（民98）十月三十日
三刷：2012年（民101）二月八日
定價：新台幣220元

總經銷：知己圖書股份有限公司
（台北公司）台北市106羅斯福路二段95號4樓之3
TEL:(02)23672044・23672047 FAX:(02)23635741
郵政劃撥帳號：15060393
戶名：知己圖書股份有限公司
（台中公司）台中市407工業30路1號
TEL:(04)23595819 FAX:(04)23595493

國際書碼：ISBN 978-986-179-149-4/CIP 861.6/98018151

廣告回郵
北區郵政管理局登
記證北台字1764號
免貼郵票

From：地址：
姓名：

To：大田出版有限公司　編輯部收
地址：台北市 106 羅斯福路二段 95 號 4 樓之 3
電話：（02）23696315-6　傳真：（02）23691275
E-mail：titan3@ms22.hinet.net

※請沿虛線剪下，對摺裝訂寄回，謝謝！

大田精美小禮物等著你！

只要在回函卡背面留下正確的姓名、E-mail和聯絡地址，
並寄回大田出版社，
你有機會得到大田精美的小禮物！
得獎名單每雙月10日，
將公布於大田出版「編輯病」部落格，
請密切注意！

大田編輯病部落格：http：//titan3.pixnet.net/blog/

智慧與美麗的許諾之地

wawa劉瑞琪◎繪圖

讀 者 回 函

你可能是各種年齡、各種職業、各種學校、各種收入的代表，
這些社會身分雖然不重要，但是，我們希望在下一本書中也能找到你。

名字／______________ 性別／□女 □男　出生／______年_____月_____日

教育程度／

職業：□ 學生□ 教師□ 內勤職員□ 家庭主婦 □ SOHO族□ 企業主管
□ 服務業□ 製造業□ 醫藥護理□ 軍警□ 資訊業□ 銷售業務
□ 其他 ______________________________

E-mail/______________________________ 電話／______________

聯絡地址：

你如何發現這本書的？　書名：我的單身不命苦2

□書店閒逛時________書店 □不小心在網路書站看到（哪一家網路書店？）________

□朋友的男朋友(女朋友)灑狗血推薦 □大田電子報或編輯病部落格 □大田FB粉絲專頁

□部落格版主推薦 ______________________________

□其他各種可能，是編輯沒想到的 ______________________________

你或許常常愛上新的咖啡廣告、新的偶像明星、新的衣服、新的香水……
但是，你怎麼愛上一本新書的？

□我覺得還滿便宜的啦！ □我被內容感動 □我對本書作者的作品有蒐集癖

□我最喜歡有贈品的書 □老實講「貴出版社」的整體包裝還滿合我意的 □以上皆非

□可能還有其他說法，請告訴我們你的說法

____

你一定有不同凡響的閱讀嗜好，請告訴我們：

□哲學 □心理學 □宗教 □自然生態 □流行趨勢 □醫療保健 □ 財經企管□ 史地□ 傳記
□ 文學□ 散文□ 原住民 □ 小說□ 親子叢書□ 休閒旅遊□ 其他 ______________

你對於紙本書以及電子書一起出版時，你會先選擇購買

□ 紙本書□ 電子書□ 其他______________________________

如果本書出版電子版，你會購買嗎？

□ 會□ 不會□ 其他______________________________

你認為電子書有哪些品項讓你想要購買？

□ 純文學小說□ 輕小說□ 圖文書□ 旅遊資訊□ 心理勵志□ 語言學習□ 美容保養
□ 服裝搭配□ 攝影□ 寵物□ 其他 ______________________________

請說出對本書的其他意見：

大田出版有限公司編輯部 感謝您！

＊請沿虛線剪下，對摺裝訂寄回，謝謝！